Die Liebesgedichte des großen persischen Dichters Hafis (1319-ca. 1389) gehören zu den schönsten der Weltliteratur; sie waren Goethe Vorbild für seinen *West-östlichen Divan.* Hafis' Verse sind vielschichtig, voller Anmut und Lebendigkeit. Sie besingen die Schönheit der Natur, die Liebe zu Frauen und Knaben, zu Wein, Gesang und Tanz und vereinen das Profane und das Heilige, Sinnlichkeit und Geist, irdische und himmlische Liebe. Die einfühlsamen Übersetzungen von Cyrus Atabay eröffnen die Vielfalt dieser Welt und bringen diesen großen Klassiker dem heutigen Leser nahe.

insel taschenbuch 3657

Hafis

# Liebesgedichte

# *Hafis*
# *Liebesgedichte*

Ausgewählt und übertragen
von Cyrus Atabay

Insel Verlag

Erstveröffentlichung: Insel Verlag Frankfurt am Main 1980
(Insel-Bücherei 1009)
Umschlagabbildung: Privatsammlung/Dinodia/
The Bridgeman Art Library

2. Auflage 2017

Erste Auflage 2011
insel taschenbuch 3657
Insel Verlag Berlin 2011

Vertrieb durch den Suhrkamp Taschenbuch Verlag
Umschlag: Michael Hagemann
Satz: Satz-Offizin Hümmer GmbH, Waldbüttelbrunn
Druck: Druckhaus Nomos, Sinzheim
Printed in Germany
ISBN 978-3-458-35357-7

# *Liebesgedichte*

## *Saghi, schenk ein den Wein*

Saghi, schenk ein den Wein
und laß den Becher kreisen!
Im Anfang schien die Liebe leicht,
die dann zum Rätsel ward.
Wann bringt der Wind
den Moschushauch von deinem Haar?
Von deinen Locken wurden alle Herzen wund.
Wie fänd ich Frieden doch in deinem Haus,
da ruft die Karawanenglocke schon zum Weiterzug!
Färb den Gebetstepppich mit Wein, wie es der Weise sagt,
dann wirst du, Pilger, auch vom Sinn des Weges
dein Teil erfahren.
Was wissen denn die Leichtbebürdeten am Strand von uns,
die Nacht und Wogensturm umgibt ...
Durch meinen Eigensinn erwarb ich mir
den schlechten Namen.
Wie kann Geheimnis auch verborgen bleiben,
das bei Zusammenkünften verhandelt wird!
Hafis, erhalt dir des Geliebten Gegenwart,
entsage dieser Welt, wenn du gefunden, den du liebst!

## *Zwei kluge Freunde*

Zwei kluge Freunde, alten Weines zwei, drei Scheffel,
Beschaulichkeit, ein Buch, ein kleines Wiesenstück:
ich gebe solchen Platz nicht her für diese und jene Welt,
auch wenn das Volk mir nachläuft jeden Augenblick!
Ein jeder, der den Winkel der Genügsamkeit
gegen den Prunk der Welt vertauscht,
hat Joseph von Ägypten für ein Nichts verkauft.
Komm, denn der Glanz des Weltgebäudes nimmt nicht ab,
weder durch deine Frömmigkeit, noch durch mein Laster!
Im Auf und Ab der Zeit ist nicht zu sehen,
ob hier Narzissen auf der Wiese blühten, ob Jasmin.
Sieh in des Bechers Spiegel die verworrenen Muster,
denn keiner kann sich solcher Zeit erinnern!
Man staunt, daß noch die Rose leuchtet, Blumenduft verblieb
in diesem Wüstenwind, der über den Garten strich.
Sei du geduldig, Herz, denn Gott wird es nicht dulden,
daß Salomonis Ring der Dämon trägt!
Hafis, das Weltgebäude kam ins Schwanken in dieser Not.
Wo ist des Weisen Denken, des Brahmanen Weg?

## *Ich sag' es offen*

Ich sag' es offen, und ich sag' es freudig:
»Leibeigener der Liebe bin ich und
von dieser und von jener Welt befreit!«
Ich bin ein Vogel aus dem heiligen Garten,
wie soll ich meine Trennung schildern,
als ich in diese arge Schlinge fiel?
Ich war ein Engel und mein Platz
im höchsten Paradies. Durch Adam
kam ich in dies verfallene Kloster.
Zärtliche Huris, Tubaschatten und der Himmelsborn
entschwanden deinetwillen aus meinem Sinn,
und auf der Tafel meines Herzens
steht nur das Alef deiner einzigen Gestalt.
Was soll ich tun? Kein anderer Buchstab
wurde mir von meinem Meister doch gelehrt.
Kein Astrologe fand noch meinen Schicksalsstern.
O Gott, zu welchem Los hat
mich Mutter Welt geboren?
Seit mit dem Ohrring der Sklavenschaft
ich in der Liebe Weinhaus diene,
kommt jeden Augenblick ein neues Leid,
mir seinen Glückwunsch darzubringen.
Es pressen deine Blicke mir das Herzblut aus,
und der Tribut ist billig:
Was mußte ich mich auch an dich verlieren,
der aller Welt gehört, doch nur nicht mir!
Trockne mit deinen Locken

die Tränen von meinem Gesicht,
sonst reißt der stete Sturzbach noch
meines Lebens Grundstein mit sich fort!

## *Mein waches Glück trat in der Frühe*

Mein waches Glück trat in der Frühe
an mein Lager und sprach:
»Erhebe dich, der schöne Chosrow naht!
Leere den Becher und komm freudig,
damit du siehst, in welcher
Gestalt dir der Geliebte naht!
Vergilt's dem Überbringer dieser Botschaft,
stiller Erkunder du des Wilds,
denn die Moschusgazelle naht!«
Da gaben Tränen dem betrübten Antlitz
den Rang zurück,
und rettend kam die Klage
dem armen Liebenden zu Hilfe.
Des Herzens Vogel neigt sich wieder
dem Bogen seiner Brauen zu:
O Taube, hüte dich,
der Falke naht!
Gib Wein, o Saghi, laß dich
von Freund und Feind nicht grämen,
denn unseres Herzens Wunsch erfüllte sich,
und dieser ging und jener naht!
Da nun die wortbrüchige Zeit
die Frühlingswolke sah,
mußte sie weinen über Tulpe und Jasmin.

Und als der Zephir Hafis' Worte
durch die Nachtigall vernahm,
kam er herbei im duftigen Gewand
zu sehn, was blühte.

## *Dem Geliebten bin ich entgegengegangen*

Dem Geliebten bin ich entgegengegangen
auf seinem Weg,
doch er ging an mir vorüber;
mit hundert Blicken der Zärtlichkeit
habe ich ihn angesehen, –
er hatte keinen Blick für mich!
Die Flut meiner Tränen konnte nicht
den Unmut aus seinem Herzen reißen,
der Regentropfen konnte nicht
den Quarz erweichen.
O Herr, beschütze jenen kühnen Freund,
der sich nicht scheute vor den Seufzerpfeilen
aus dem Hinterhalt!
Den Fisch, den Vogel hielt ich gestern
zur Nacht mit meiner Klage wach, –
sieh jenen, den's nicht kümmerte,
der nicht sein Haupt vom Schlaf erhob!
Ich wollt' vor seinen Füßen sterben,
verlöschen wie die Kerze;
doch zog er nicht dem Frühwind gleich
an mir vorüber.
O Freund, wo wär' ein Herz,
das du nicht rührtest!
Wo einer, der sein Leben nicht
der Wunde bietet, die du schlägst!

Verborgen bleibe dein Geheimnis
bei Zusammenkünften.
Und nur allein will Hafis
mit dir Zwiesprach halten!

## *Ich lasse nicht ab*

Ich lasse nicht ab
von meinem Verlangen,
bis sich mein Verlangen erfüllt:
Der Körper sucht Vereinigung,
ehe die Seele sich vom Körper scheidet.
Öffne, wenn ich gestorben bin,
mein Grab und sieh mein Sterbehemd
in Flammen stehn
von meinem inneren Feuer!
Enthüll dein Antlitz mir,
daß uns der Zauber treffe,
öffne die Lippen, daß
die Stimme preisend wir erheben!
Mein Herz quält der Gedanke,
daß unsre Seele reisen muß,
eh deine Lippen meine fanden.
Der Durst nach deinem Mund
trieb mich in arge Not.
Wann schenkt dein Mund
mir, dem Geringen, eine Gabe?
Wo Hafis' Name
bei Zusammenkünften fällt,
gedenkt man seiner stets als eines, der
zur Schar der Liebenden gehört!

## *Deinen trunkenen Augen*

Deinen trunkenen Augen
dienen Fürsten als Sklaven,
die Wissenden sind berauscht
von deinen Lippen.
Von dir kündet der Frühwind,
mich verraten meine Tränen:
Wär's nicht darum,
die Liebenden sind Hüter des Geheimsten!
Geh wie der Wind durchs Veilchenfeld!
Sieh, wie der Raubzug deiner Locken
Aufruhr hinterläßt!
Das Paradies ist unser Teil,
mein gottesfürchtiger Freund,
denn der Vergebung
werden die Schuldigen für wert befunden.
Nicht ich allein schreibe Gaselen
über dein holdes Angesicht:
Lobpreisend kommen deine Nachtigallen
von allen Seiten und in Scharen.
So nimm mich an der Hand,
gütiger Prophet,
ich geh den mühevollen Weg allein,
indes die Freunde hoch zu Pferd vorüberziehen!
Ins Weinhaus komm,
und spiegle dein Gesicht im Purpurwein,
und meide das Gebetshaus,
wo die Frömmler sind!

Aus deinen Locken, den durchwühlten,
soll Hafis nicht Befreiung finden;
denn jene, die in deine Schlinge fielen, –
sie sind die wahrhaft Freien!

## *Engel sah ich gestern nacht im Traum*

Engel sah ich gestern nacht im Traum
Schenkentüren schlagen, und aus Ton
formten sie den Erdensohn,
tranken danach auf sein Wohl.
Und des Himmels Bürger zechten mit
mir, dem Bettler, der am Wege sitzt.
Dem Himmel wurde die anvertraute Last zu schwer;
ich, der Närrische,
bin ausersehen, sie zu tragen.
Jenen, die um Lehren Kriege führ'n, vergib!
Sähen sie die Wahrheit,
schlügen sie wohl nicht den Irrweg ein.
Lob sei Gott, daß er sich mir versöhnt!
Sufis haben tanzend ihm dafür gedankt.
Das ist Feuer nicht, in dem die Kerzenflamme
sich als Lächeln zeigt;
jene Glut ist wahre Glut erst,
deren Sein den Schmetterling verbrennt.
So wie Hafis weiß es keiner,
heimlichste Gedanken bloßzulegen,
seit die Feder der Rede Scheitel kämmt!

## *Ich sah die grüne Saat des Himmels*

Ich sah die grüne Saat des Himmels und den Sichelmond,
erinnert wurde ich da an meines Lebens Aussaat und
die Erntezeit.
Ich sagte: »Schicksal, da du schliefst, hat sich die Sonne
schon erhoben!«
Es sprach: »Gib, trotz des Wechsels, die Hoffnung nicht
verloren!
Wenn du, wie Jesus, rein und makellos zum Himmel steigst,
empfängt von deinem Licht die Sonne neue Strahlenkraft.
Trau nicht dem Sternendieb, denn der Listenreiche
raubte auch Königsgurt und Königskrone!
Wenn auch Rubin und Gold dem Ohre Zierde leihen, –
vergänglich ist die Zeit des Übermuts, beherzige den Rat!
Sei böser Blick dem Mal auf deiner Wange fern, das auf
dem Kampfplatz
mit einem Bauern Mond und Sonne ausgestochen!
Und sag dem Firmament: Rühm dich nicht deiner Pracht, –
der Liebe wiegt des Mondes Hof und der Plejaden
Sternbild
nicht mehr als ein, zwei Korn.«

## *Lange Jahre sucht' mein Herz*

Lange Jahre sucht' mein Herz die Schale Djams,
von andern fordernd, was es selbst besaß;
von verirrten Tauchern am Meeresstrand
erbat es die Perle, die jenseits wächst
der Muschel von Raum und Zeit;
ein Entrückter, allzeit von Gott geleitet
und sah *Ihn* nicht und rief,
als wär er fern von ihm: »O Gott!«
Ich trug mein Anliegen gestern nacht
dem Weisen in der Schenke vor,
daß er, klarsichtigen Blicks, das Rätsel löse;
ich sah ihn frohgemut und lächelnd,
mit einem Becher Weines in der Hand,
in dessen Spiegel hundert Bilder widerschienen.
»Das Vergehen jenes Freundes«, sagte er,
»der durch sein Sterben einst das Kreuz erhöhte,
war dies, daß er Geheimstes preisgab;
doch jener, der in seinem Herzen wie in einer Knospe
der Wahrheit Allerheiligstes verschließt,
bewahrt als einen Prüfstein dies Gebot.
All dieses Trugwerk des Verstandes
gleicht dem Gaukelspiel des Magiers.
Nur wem der Heilige Geist die Gnade schenkt,
vermag Wunder zu wirken wie Jesus Christus.«

»Wann gab der Allmächtige dir diesen Zauberbecher?«
»Als er diese blaue Wölbung schuf.«
»Wozu diese Lockenketten der Geliebten?«
»Daß Hafis klage über sein verzücktes Herz!«

## *Wann erreicht mich die Nachricht*

Wann erreicht mich die Nachricht
der Vereinigung,
damit ich mich erhebe!
Meine Seele, ein Vogel aus dem heiligen Garten,
wird sich befreit aus der Schlinge dieser Welt erheben!
Sende, o Herr, einen Regen
von der Wolke deiner lenkenden Gnade,
eh' ich als Staub von dieser Erde mich erhebe!
Steh auf und offenbare deine schöne Gestalt, Geliebte,
damit ich vom irdischen Staub voll Freude mich erhebe!
Obgleich ich alt bin, halt mich eine Nacht,
daß ich am Morgen mich verjüngt erhebe!
Wenn du zu meinem Grabe deine Schritte lenkst,
bring Wein und Laute mit,
damit ich zu der Spielmannsweise tanzend mich erhebe!
Glaub nicht, Drangsal des Alls, der Zeit vermöchten,
daß ich vom Platz an deiner Schwelle mich erhebe!
Und kommt der Tag, an dem ich sterben muß,
gewähre mir für eines Atems Dauer deinen Anblick,
damit ich, Hafis, mich aus diesem Kleid erhebe!

## *Die Pfaffen, die vor Kanzel und Altar*

Die Pfaffen, die vor Kanzel und Altar
viel Pracht entfalten, – wenn sie allein sind,
frönen sie anderem Dienst.
Ich habe eine Frage, bring sie zum Gelehrten:
Jene, die uns Reue anempfehlen, –
warum zeigen sie sich selbst nicht reuig?
Sie glauben offenbar nicht ans Gericht,
da sie mit so viel Heuchelei
den Gottesdienst verrichten!
O Herr, setz diese Nichtswisser auf die Esel,
die ihnen zustehn, da sie sich so viel
mit ihren Vierbeinern und Türkensklaven zieren!
O Bettler aus dem Derwischhaus,
erhebe dich und tanze,
denn in der Schenke schenkt man Wasser aus,
das labt die Herzen und erfrischt sie.
Durch seine Schönheit gingen viele schon zugrunde,
doch ist sie's auch, die Liebe weckt.
O Engel, preise den Schöpfer
vor dem Weinhaus der Liebe, –
dort wird der Ton des Erdensohns geformt!
Am Morgen früh drang Lärm vom Himmelszelt, –
da sprach Vernunft: »Vermutlich lernen Engel
die Verse unseres Hafis.«

## *O wilde Gazelle*

Dschelaladdin Rumi zu Ehren

O wilde Gazelle, wo hältst du dich verborgen,
wir sind einander doch zugetan:
zwei Irrende, zwei Einsame, zwei Verjagte,
umstellt von reißendem Getier und Fallen!
Komm, laß uns unser Leid erzählen,
daß wir erfahren, welches Ziel uns treibt,
denn nirgendwo in dieser Wildnis sehe
ich eine liebliche und frische Weide!

Wer wird begrüßen uns und sagen:
»Willkommen, fremde Liebende, verlassene Freunde!«
Sei's denn, Elias würd' uns segensreich erscheinen,
mit seiner Gunst aus Irrsal uns befreien.
Ist denn die Zeit gekommen, das Versprechen einzulösen,
wurde mein Gebet erhört: »Laß mich nicht allein!«

Und so erinnere ich mich des alten Weisen,
und seine Worte sind mir unvergessen,
nämlich, daß eines Tags der Meister
zu einem Wanderer freundlich sprach,
der ihn am Wegrand traf:
»O Wanderer, was birgt dein Reisebeutel?
Leg deine Schlinge aus, falls du auch Körner hast!«

Er gab ihm Antwort: »Eine Schlinge hab ich wohl,
doch muß den Vogel Simurg ich erjagen!«
Und er: »Wie willst sein Zeichen du erspüren,
da wir die Spur nicht kennen, die zu seinem Neste führt?«
Und er: »Mag dies Verlangen auch unmöglich scheinen, –
doch ohne Hoffnung sein heißt gleichfalls leiden.
Mein Wünschen fällt nicht ins Gewicht
in dieser Frage,
denn unerschöpflich spendet
die Sonne Überfluß!
Doch will ich es versuchen, solang Leben
in meinen Adern pulst:
vielleicht, daß mich aus seinem Becher
ein Schluck erfrischt!«

## *Wie vereinbart sich*

Wie vereinbart sich des Weltmanns Fähigkeit
mit meiner Trunkenheit?
Seinen Weg findest du hier,
meinen Weg woanders!
Beklommen wird mein Herz
an den Stätten falscher Willfährigkeit.
Wo ist die Schenke, wo der ungetrübte Wein?
Was haben Wissende mit Scheinheiligen gemein?
Wie könnte Unterweisung
dem Klang der Harfe ebenbürtig sein?
Und was begreift, der engen Herzens ist,
vom Wesen denn der Freundschaft?
Wie kann die matte Lampe
dem Licht der Sonne ebenbürtig sein?
Da der Hellsicht Tusche,
mit der wir unsere Augen färbten,
als Staub auf deiner Schwelle liegt:
Sag, wohin soll'n wir gehen

von diesem hochgelobten Ort?
Blick nicht aufs apfelrunde Kinn,
denn dieser Weg hält eine Falle dir bereit.
Wohin gehst du, o Herz, mit dieser Eile?
Damit Erinnerung bliebe,
entschwand das Leben, die Vereinigung.
Wo blieb das Augenspiel, der Tadel wo?
Erwarte, Freund, von Hafis nicht

Gleichmut und Schlaf.
Was ist denn Gleichmut? Was Geduld?
Und wo wär Schlaf?

## *In der Morgenfrühe sprach die Nachtigall*

In der Morgenfrühe sprach die Nachtigall
zu der neuerblühten Rose:
»Vertraue nicht zu sehr deiner Betörungskunst,
in diesem Garten blühten viele schon
wie deinesgleichen auf!«
Da sprach die Rose lachend:
»Die Wahrheit kann uns nicht betrüben,
jedoch kein Liebender verletzt
mit bitterem Worte die Geliebte!
Wenn's dich gelüstet aus jenem Becher
den rubinroten Wein zu trinken,
mußt du noch viele Perlen
mit deiner Wimpern Dorn durchbohren!
In alle Ewigkeit wird jener
der Liebe Wesen nicht erkennen,
der nicht den Staub mit seiner Wange
vor einer Schenkentüre fegte!«
Des Hafis Tränen schwemmten
Geduld und Maß ins Meer,
wie könnt' es anders sein …
Es läßt der Schmerz des Liebesgrams
sich nicht verbergen!

## *Im Uranfang sprach deiner Schönheit Strahl*

Im Uranfang sprach deiner Schönheit Strahl:
»Ich will begonnen sein!«
Und Liebe wurde geboren und trug ins All den Brand!
Dein Antlitz offenbarte seinen Glanz
und sah die Engel ohne Liebe,
da setzte es den Erdensohn entzückt
in Liebesbrand!
Vernunft wollte an dieser Flamme sich entzünden,
das Lichtmeer der Begeisterung
setzte mit seiner Glut die Welt in Brand!
Der Ahnungslose wollte das Geheimnis schauen,
Einhalt gebot die unsichtbare Hand!
Andre erwählten Freude sich als Lebenslos, –
mein leidgeprüftes Herz nur war's, das Trauer fand!
Die hohe Seele trug Verlangen nach
dem Grübchen deines Kinns,
und nach den wirren Lockenringen griff die Hand!
Den Brief der Liebe schreibt erst Hafis dann,
wenn er den Erdenstoff verbrannt!

## *Meines Körpers Staub verhüllt als Schleier*

Meines Körpers Staub verhüllt als Schleier
das Antlitz meiner Seele.
Willkommen, Augenblick, da ich von diesem Antlitz
den Schleier nehme!
Solche Kerkerschaft ist meinem Liede
nicht angemessen. –
Ich will ins Paradies aufbrechen,
bin ich der Vogel doch für jene Wiese!
Es wurde mir nicht offenbar,
warum ich kam, wohin ich ging:
O Schuld und Gram, denn ohne Kenntnis
bin ich von meinem wahren Sein!
Wie soll ich den Himmelszonen kreisen,
da ich im irdischen Zuhaus
ein festgefügter Teil bin!
Verwechsle meines Hemdes goldenen Saum
nicht mit dem Kerzenschein, –
ich weiß von Schmerzen, die
im Inneren des Hemdes brennen!
Komm, komm, nimm Hafis' Leben fort!
Solang du bist,
wird keiner es vernehmen,
daß ich mich auf mein Ich berufe!

## *Komm, denn das Wunschgebäude ist zerbrechlich*

Komm, denn das Wunschgebäude ist zerbrechlich,
bring Wein herbei, denn des Lebens Fundament
ist auf dem Wind errichtet!
Ich will der Sklave jener Großmut sein,
die frei von allen Bindungen
unter der blauen Himmelskuppel ist!
Wie soll ich dir die Botschaft deutlich machen,
die mir der Abgesandte jener Welt gebracht?
Dein Platz, o edler Königsfalke, ist
im Wipfel einer Paradieseszeder,
nicht hier an diesem Unglücksort!
Von Himmelszinnen wirst du hergelockt,
jedoch was in der Schlinge dich erwartet,
das weiß ich nicht!
Vernimm denn meinen Rat und folge ihm,
denn diese Kunde kam vom Meister mir:
Laß dich vom Leide nicht bedrücken
und merk dir die Belehrung,
denn diese Einsicht habe ich
von einem Wissenden erfahren:
Nimm hin, was dir zugefallen,
und grüble nicht vergebens, –
die Tür der Wahl
steht dir und mir nicht offen!
Verlange nicht Beständigkeit
von dieser trügerischen Welt,

denn diese Vettel ist die Braut
von tausend Bräutigamen!
Im Lächeln einer Blume liegt
nicht Treu und Unverbrüchlichkeit.
So schluchze, liebeskranke Nachtigall,
denn du hast Grund zur Klage!
Weshalb dein Neid auf Hafis, eitler Verseschmied?
Hör: Meisterschaft und Ruhm der Sprache sind
von Gottes Gnaden!

## *Wenn du das Wort vernimmst*

Wenn du das Wort vernimmst von jenen, die
vom Herzen Kunde haben,
sag nicht, es wäre irrig:
Mein Freund, du bist kein Kenner, scheint's, des Worts,
hier liegt dein Mangel!
Ich beuge mich weder vor dieser noch
vor jener anderen Welt:
mag auch der Aufruhr wachsen,
der mich überwältigt.
Ich weiß nicht, wer in meinem Innern wohnt,
denn müd und wortlos bin ich,
indes der andere klagt und aufbegehrt.
Wo bist du, Musikant?
Ich bin von Gram bedrängt:
laß deine Weisen hören, denn dein Spiel
verspricht mir die ersehnten Harmonien!
Nie habe ich dem Treiben dieser Welt
viel Aufmerksamkeit gezollt:
dein Antlitz erst hat sie
für meinen Blick verschönt!
Mich peinigt der Gedanke,
raubt meinen Schlaf:
wo ist das Weinhaus, denn
unstillbar ist der Durst!
Weil Feuer brennt in meinem Herzen,
das nicht erlischt,
darum wird mir im Magierhaus

gehuldigt.
Was war es für ein Instrument,
das jener Musikant erweckte?
Denn, ach, das Leben schwand, und noch
zieht mich die Sehnsucht fort.
Es traf mich gestern nacht der Ruf,
den deine Liebe ausgesandt:
Des Hafis Brust ist noch erfüllt
von seinem Widerhall!

## *Schlaftrunken ging ich gestern nacht*

Schlaftrunken ging ich gestern nacht
zum Weinhaus, klopfte an die Tür
mit schmutzigem Kittel
und weindurchtränktem Gebetsteppich.
Der junge Magier, der Weinverkäufer,
trat tadelnd mir entgegen, sagte:
»Wach auf, schlaftrunkener Wanderer!
Wasch dich, eh du ins Weinhaus trittst,
damit dieser verfallene Tempel
nicht von dir schmutzig werde.
Wie lange willst du
um jener schönen Lippen willen
den Edelstein der Seele trüben
mit flüssigem Rubin?
Durchmiß die Zeit des Alters unbescholten,
beflecke das Gewand des Alters
nicht wie ein Kleid der Jugend.
Aus dem Verliese der Natur
kehr dich ins Licht:
sei lauter und sei blank,
denn Wasser, das mit Staub sich mischt,
spendet kein lauteres Entzücken!«
Ich sagte drauf: »O Leben dieser Welt,
nicht unrecht ist es, daß das Buch der Rose
im Frühling sei mit Wein erfüllt,
denn die den Weg der Liebe kennen,
versanken tief in dieses Meer, doch kein Wasser

blieb an ihnen haften!«
Er sagte: »Hafis, narre nicht
mit Doppelsinn die Freunde!«
O diese Gunst, mit Rüge fein gewürzt!

## *Die Ernte in der Werkstatt des Daseins*

Die Ernte in der Werkstatt des Daseins
ist nicht sehr ergiebig,
bring Wein herbei, denn mit dem Werkzeug
dieser Welt ist's nicht weit her!
Seele und Herz verlangen
nach Freundeswort,
dessen bedürfen wir, sonst wäre es
um Herz und Seel' nicht allzugut bestellt!
Verpflichte dich der Zeder nicht, der Tuba
um ihres Schattens willen,
denn wenn du's recht bedenkst, freie Zypresse,
ist's damit nicht weit her!
Es fällt das Glück uns ohne Mühe zu,
wenn nicht, mit Aufwand und Bestreben wäre
es um den Wonnegarten nicht zu gut bestellt!
Fünf Tage mißt die Frist,
die uns hienieden ist gewährt, –
nutz frohgemut die Zeit,
denn mit der Zeit ist's nicht weit her!
Wir harren, o Saghi, am Strande
des Meeres der Vergänglichkeit:
gib Stundung uns, denn sieh, von Mund zu Mund
ist ja der Weg nicht weit!
Scheinheiliger, vor des Rausches Launen
wähne dich nicht gefeit, –
vom Kloster bis zum Weinhaus
ist auch der Weg nicht weit!

Den Gram und meine Bitternis
will ich für mich behalten,
doch eure öffentliche Anteilnahme
ist mir durchaus entbehrlich!
Des Hafis Name wurde mit der Chiffre
der Güte ausgezeichnet.
Es gilt vor Wissenden
Verlust und selbst Gewinn nicht viel!

## *Ja, wir sind von Kummer frei und trunken*

Ja, wir sind von Kummer frei und trunken,
denn wir sind die Kumpane des Bechers mit Wein,
haben unsere Herzen hingegeben,
das Geheimnis aller Liebe wurde uns vertraut.
Zwischen die gewölbten Brauen der Geliebten
haben wir in unser Ziel getroffen,
Zwietracht schoß vergebens ihre ungezählten
Pfeile auf uns ab.
O Blume, dich hat gestern nacht
der Liebe Mal gezeichnet – wir
sind jene Tulpen, die mit dieser Narbe
geboren wurden!
Wenn unsere Reu den weisen Magier betrübt,
sag ihm, er soll den Wein in Krüge füllen:
wir stehen vor ihm, um Vergebung bittend.
Du kennst die Richtung, hilfreicher Gefährte,
wir geben zu, daß wir vom Wege abgewichen.
Sieh du in unserem Tun
den Wein und Becher nicht allein;
der Tulpe würde dies genügen, doch nicht uns.
Sieh diese Narbe,
die wir auf unsere Herzen blutend prägten.
Du sagtest: »Hafis, was bedeuten
alle die Bilder und Gedanken,
die deiner Phantasie entspringen?«
Laß dich nicht irreführen, Freund:
Wir sind noch immer blanke Schreibetafeln!

## *Ich sehe Gottes Licht*

Ich sehe Gottes Licht
selbst in des Magiers Schenke,
an solchem Ort, o Wunder,
gewahr ich Gottes Licht!
Rühm dich nicht deines Glanzes,
o Haupt der Pilgerschar:
du siehst das Gotteshaus,
ich sehe den, der darin wohnt!
Dem Haar der Schönen möcht' ich
den Moschusquell entbinden,
doch sicher ging ich fehl
auf diesem weiten Weg!
Herzbrand und Tränenstrom,
Nachtqual und morgens Trauer,
dies alles spendet mir
verschwenderisch dein Blick!
Jeden Augenblick erscheint dein Bild
auf meinem Gedankenzug,
wem sag ich, welche Wunder
mir dieser Schleier weist!
Der Moschus nicht aus China,
der Tatarei Arome
messen sich mit dem Hauch,
den mir die Frühluft bringt!

Freunde, rügt Hafis nicht,
den Zauberblicke fesseln;
denn ich weiß, daß er euch
allzeit und wahrhaft liebt!

## *Der verschollene Joseph*

Der verschollene Joseph wird endlich nach Kanaan
wiederkehren, verzage nicht!
Die Trauerhütte wird sich endlich
in einen Garten wandeln, verzage nicht!
Dieses leidgeprüfte Herz wird überstehen,
gib die Hoffnung nicht verloren!
Und dies schwere Haupt wird Ruhe finden,
verzage nicht!
O süßkehliger Vogel, wenn der Frühling einzieht
und sich auf dem Thron der Wiese niederläßt,
wirst du eine Blumenkrone breiten über dich,
verzage nicht!
Wenn das Weltrad sich zwei Tage
nicht nach unserem Wunsche dreht:
darum bleibt das Schicksal sich nicht gleich,
verzage nicht!
Verzweifle nicht, Geheimnis, unerkennbar,
wird dir nicht kund:
Verborgene Spiele deckt der Vorhang,
verzage nicht!
Pilger, freudig auf der Wanderschaft
nach dem Stein der Kaaba:
wenn der Wüste Dornen in der Wildnis
deine Füße schelten,
verzage nicht!
Trennung von der Liebsten
und der Gegner Ungunst:

alles weiß der Gott, der diese
Wechselfälle schuf, verzage nicht!
Wenn die Flut des Nichts, o Herz,
deines Lebens Grundstein mit sich riß:
da dein Bootsmann Noa heißt,
bang nicht vor dem Sturm, verzage nicht!
Wenn die Herberg auch umstellt ist von Gefahren
und kein Blick das Ziel erkennt:
kein Weg wäre da, der nicht sein Ende fände,
verzage nicht!
Hafis, in der Nische der Genügsamkeit
und in dunklen Nächten:
solang du den Koran liest und betest,
verzage nicht!

## *Du bist wie der Morgen*

Du bist wie der Morgen und ich die Kerze,
die bis zur Dämmerung brennt.
Gewähre mir dein Lächeln, sieh,
wie ich dir unverweilt mein Leben weihe!
So wie mein Herz in Leidenschaft
sich deinen ungestümen Locken preisgibt,
so werden, sterbe ich, als Sehnsuchtszeichen
auf meinem Grabe Veilchen blühen!
Auf die Schwelle der Vereinigung
habe ich meine Augen geheftet,
damit du einen Blick mir schenkst,
der du dich abgewandt von mir!
Wie dank ich euch, ihr Gäste meiner Trauer
(Gott mög es euch vergelten),
da ihr, wenn ich vereinsamt bin,
doch nicht von meiner Seite weicht!
Ich dien der Iris eines Auges, die
aus ihrem schwarzen Herzen tausend Tropfen
der Tröstung spendet,
wenn ich meinen Gram erzähle.
Ach, jedem Blick erscheint die Liebste anders,
doch keiner sieht das Augenspiel,
das ich errate.
Wenn die Geliebte wie ein leichter Wind
an Hafis' Grab vorübergeht,
will ich in jenem engen Sarg
verzückt mein Sterbehemd zerreißen!

## *Uns genügt das Blumenantlitz*

Uns genügt das Blumenantlitz
aus dem Garten dieser Welt,
uns genügt von dieser Wiese
der Zypresse hoher Schatten!
Das Gespräch mit Heuchlern
sei mir fern,
und von dem Erlesenen der Welt
sei genug uns der erlesene Becher!
Wer ein Werk vollbracht,
wohnt zum Lohn im Paradiese;
uns Besitzlosen und Weisen
ist das Magierhaus genug.
Halte Rast am Bachlauf, siehe
den Vorübergang des Lebens,
denn dies Zeichen von der Welt
des Vorüber soll genügen!
Sieh die Ernte dieser Welt
und die Plagen, die sie schickt:
Euch mag gern nach mehr gelüsten, –
uns genügt dies Mehr, dies Schwinden!
Solang der Geliebte nah ist,
haben wir nach nichts Verlangen,
denn die Fülle des Gespräches
stiftet jener Seelenfreund,
er, der uns genügt!
O entsende, Herr, mich nicht
von dir fort ins Paradies,

denn statt Sein und All genügt
uns ein Platz in deiner Gasse!
Hafis, unrecht wär's, zu klagen
über des Geschickes Pläne:
Uns genügt die Leidenschaft, unversiegbar,
und die strömenden, die Lieder!

## *Trunkenheit und verborgene Lust*

Trunkenheit und verborgene Lust,
was sind sie denn?
Ein flüchtiger Zeitvertreib!
Wir haben uns den Wissenden gesellt,
und ließen allen Unwert fahren.
Befrei dein Herz von der Beschwernis,
such nicht das Weltgeheimnis zu ergründen, –
kein Baumeister hat je den Knoten aufgelöst,
welcher den Plan zusammenhält!
Bestaune nicht den Aufruhr der Geschichte,
das Weltenrad erinnert sich
an tausend solcher Mären!
Voll Ehrfurcht nimm den Becher
in die Hand, denn seine Form
gleicht nur zu sehr dem Schädel,
der einst Haupt eines Königs war!
Wer sagt, wohin die Mächt'gen gingen,
wer weiß, wohin die Throne sanken?
Noch immer wächst die Tulpe
aus Farhads Herzblut, sehnend sich
nach Schirins Lippen.
Wußte die Tulpe denn
vom Unbestand der Welt,
daß sie, geboren kaum und schon vergangen,
den Kelch nicht niedersetzte?
Komm, komm, daß uns der Wein
für ungemessene Zeit entrücke,

vielleicht, daß wir dann im verfallenen Gemäuer
das Kleinod finden!
Der Wind von Mosallah,
von Roknabad das Wasser
halten mich fest an diesem Ort!
Nimm nicht zur Hand den Becher,
es sei wie Hafis denn mit Harfenklang:
denn das brausende Herz
ist auf der Freude Saiten hingespannt!

## *Eine Nachtigall gewann*

Eine Nachtigall gewann
mit harter Mühsal eine Rose;
eifersüchtig schlug der Wind, der göttliche,
ihre Brust mit hundert Dornen.
Selig war ein Papagei
in Gedanken an ein Zuckerstück;
unverhofft vernichtete die Flut des Nichts
die Verkörperung seiner Zuversicht.
Dieses Kindes will ich denken,
deines, ach, und meines Augenlichts,
das so leicht von dannen ging,
unseren Lebensweg so sehr erschwerend.
O Kameltreiber, um Gottes Beistand bete ich,
da mir meine liebe Last entfiel,
denn auf seine Großmut hoffend,
konnt' ich dieser Sänfte folgen.
Mein bestaubtes Antlitz, meine nassen Augen,
achte sie nicht für gering:
denn aus diesem Lehm hatte der Himmel
doch das Haus der Fröhlichkeit gebaut.
Vor dem bösen Blick des Mondes
fand *mein* Mond mit seiner Brauen Bogen
seine Zufluchtsstatt im Grabe!
Hafis, ach, du hast kein Reis getrieben,
deine Träume sind begraben.
Was denn tu ich, da das Schicksal
mir so grausam mitgespielt ...

## *Frohe Nachricht*

Frohe Nachricht kam zu mir,
daß die Tage dieses Grams nicht dauern,
daß es nicht bleibt, wie es war,
und nicht bleiben wird wie jetzt!
Auch wenn ich für die Geliebte
nicht mehr bin als Staub zu ihren Füßen, –
auch dem Günstling
bleibt nicht immer Gunst gewährt.
Du verteidigst dein Geheimnis
wie ein Wächter, schwert-gewappnet;
keinem ist erlaubt, sich aufzuhalten
im Bezirk des Heiligtums!
Steht uns zu, zu danken oder zu klagen
über das Gewirk von Gut und Böse?
Auf dem Blatt des Schicksals ändern
sich die Zeichen!
Sagt man doch, auf Jamschids Festen
hieß die Losung:
Bring mit Wein den Becher,
denn es wird Dschams Thron nicht dauern!
Halt die Gegenwart des Falters fest,
Kerze der Vereinigung,
denn dies Bündnis
wird nicht bis zum Morgen dauern.
Mächtiger, dein Trachten sei,
erst das Herz des Derwischs zu gewinnen,
denn voll Gold das Schatzhaus nicht,

nicht die angehäuften Münzen dauern!
Dem smaragdenen Himmelstor
sind die Lettern eingeschrieben:
außer jenen Taten, die die Güte übte,
wird nichts dauern!
Hafis, laß nicht ab von deinem Anspruch
auf die Liebe deiner Freunde.
Denn Gewalt und Willkür
wird nicht dauern.

## *Erblüht ist die Rose*

Erblüht ist die Rose
und die Nachtigall ist trunken,
kommt, Sufis, kommt,
die ihr dem Weine huldigt!
Das Fundament der Reue,
in seiner Festigkeit
dem Steine gleichend, – sieh,
wie der kristallene Becher
es mühelos zerbricht!
Bring Wein herbei, uns alle
umfängt des Gottes Großmut,
ob Fürsten, Weise, Wächter!
In dieser Karawanserei
gibt es zwei Türen zu durchschreiten:
gleich ob des Lebens Los
hoch oder niedrig sei!
Der Rang der Liebe
ist ohne Leid nicht zu erwerben:
Erfüllung wurde mit Prüfung
von Anfang an verbunden!
Herz, hadere nicht um Vorteil und Verlust,
denn schließlich ist es doch das Nichts,
das uns am Ende jeden Wegs erwartet!
Dahin ist Assafs Glanz,
der mit den Vögeln sprach
und den das Windroß trug:
Ihr Meister hatte

von all dem keinen Nutzen.
Weich nicht von deinem Weg
für Blendwerk, falschen Prunk,
denn der verirrte Pfeil
hängt eine Weile in der Luft,
dann fällt er in den Staub!
Wie soll, Hafis, deine Zung' aus Rohr
Dank entrichten denen,
welche deine Wortkunst
rühmend weitertragen!

## *Ich bin bekannt in der ganzen Stadt*

Ich bin bekannt in der ganzen Stadt
als einer, der sein Herz verlor,
ich bin's, der vom Dorn im Auge
seinen Blick nicht trüben ließ!
Uns kann kein Tadel kränken,
wenn wir Treu bewahren und heiter sind,
denn irrgläubig wäre es auf unserem Weg,
wenn wir uns dem Kummer beugten!
Ich frug den Alten in der Schenke,
welches der Weg der Rettung sei,
da nahm er seinen Becher, sprach:
Wir müssen Nachsicht üben! –
Was ist der Wunsch des Herzens,
sieht es den Garten dieser Welt? –
Mit Hilfe aller guten Geister
von deinem Angesicht die Rosen pflücken!
Mit Wein schrieb meinen Namen ich
ins Wasser, um den Namen
der Selbstsucht auszulöschen!
Ich hoffe auf den Beistand deiner Locken, –
was nützte mir mein Trachten,
wenn ihr Magnet nicht wär!
Laß uns von diesem Beieinandersein
die Zügel nun zum Weinhaus lenken, –
denn es ist unerläßlich,
die Predigten der Frömmler zu verschmähen!
Lerne die Liebe aus den Zügen

der Liebsten, denn berauschend ist es,
diesen Linien nachzugehen!
Hafis, küß nur die Lippen der Geliebten
und nur das Rund des Bechers,
denn ein Makel ist's,
der Frömmler Hand zu küssen!

## *Ich bange, daß die Tränen*

Ich bange, daß die Tränen
mein Leid euch offenbaren,
daß dies versiegelte Geheimnis
der Welt eröffnet werde.
Man sagt, im Stande der Geduld
verwandle zum Rubine sich der Stein:
Gewiß, er wird's,
doch um den Preis des Herzbluts erst!
Zum Weinhaus geh ich
weinend und führe Klage,
vielleicht, daß ich dort Heilung finde
von meinem Kummer.
Von allen Ufern
schoß ich Pfeile des Gebets,
daß einer denn aus ihrer Mitte
das Ziel erreiche.
Erzähle, Seele, der Geliebten,
was uns widerfahren,
aber bericht es leise,
damit's der Zephir nicht erfährt!
In deiner Liebe Alchimie
wurde mein Gesicht zu Gold,
ja, der Segen deiner Huld
macht aus dem Staube Gold.
Anmut allein ist nicht genug,
es braucht noch anderer Gaben,
bis dich die Wissenden aufnehmen

in ihre Reihen!
Dem Widerstande von den Zinnen
des Schlosses der Vereinigung
mußten schon viele
sich an der Schwelle beugen.
Hafis, schweig still,
solange du den Moschus ihrer Locken
in Händen hältst,
damit der Zephir nichts erfährt!

## *Was ist's, das Fülle spendet?*

Was ist's, das Fülle spendet?
Der Anblick des Geliebten!
Ich tausche Königtümer,
vor seinem Haus zu betteln!
Von eigener Seele scheiden,
das mag noch angehn,
wie aber soll man sich
von der Gefährten Seele trennen?
Es soll mein Platz im Garten sein,
der Knospe gleich mit enggefaltetem Herzen:
Dort will ich in der Güte Namen
mein Hemd zerreißen,
bisweilen wie der Wind der Rose
geheime Botschaft bringen,
bisweilen das Geheimnis
der Liebenden von Nachtigallen hören.
Versäume nicht, die Lippen der Geliebten
sogleich zu küssen,
denn später wird dich Reue plagen!
Halte den Augenblick der Rede wert,
denn wenn wir uns verfehlten
in diesem Haus mit den zwei Wegen, –
wir werden uns nicht mehr begegnen!
Es scheint, als hätte König Jahja
Hafis aus seinem Sinn verloren:
O Herr, rufe zurück ihm ins Gedächtnis,
wie man mit Derwischen verkehrt!

## *In der Absicht, zu bereuen*

In der Absicht, zu bereuen,
sagte ich heut in der Frühe:
»Ich will den Koran befragen!«
Doch der Frühling kam,
der die Reu' zerschlägt, –
welcher Ausweg bleibt mir nun?
Soll ich die Wahrheit sagen:
Ich kann nicht erlauben, daß
meine Feinde sich am Wein berauschen,
indes ich vor Durst vergehe!
Wie die Knospe, frohen Mundes,
fürstlicher Begegnung gedenkend,
will ich nach dem Becher greifen
und vor Lust mein Kleid zerreißen!
Weist zurecht mich,
wenn ich mich zur Tulpenzeit
ferne hielt vom Fest der Fröhlichkeit!
Wenn im Anblick des Geliebten
mein Begehr gleich Rosen blüht,
werd ich alle meine Gegner
aus dem Sattel heben!
Ich bin nur ein armer Gast der Schenke,
aber seht nur: bin ich trunken,
muß der Himmel um mich werben,
kann den Sternen ich gebieten!
Ich, der sich nicht lösen kann
von dem Bissen, der mich nährt:

soll die Wissenden ich tadeln,
die zu zechen lieben?
Hafis ward es müde,
länger heimlich Wein zu trinken;
und beim Klang von Flöt' und Harfe
will ich das Geheimnis kundtun.

## *Wenn aus dem Becher des Ostens*

Wenn aus dem Becher des Ostens
der Sonnenschein sich ergießt,
entsprießen tausend Tulpen
dem Garten deines Gesichtes.
Wenn der Duft deiner Locken
sich in der Au entfaltet,
eilt der Wind herbei,
das Hyazinthensiegel zu brechen!
So ist die Kunde der Nacht, die
den Liebenden trennt von der Geliebten,
daß hundert Bücher nicht reichen,
ein Teilchen davon zu schildern!

Ohne hundertfachen Gram
kannst du nicht erheischen,
daß dir eine Krume zufällt
von der gewölbten Himmelstafel!
Eigenes Bemühen sucht umsonst
das Ziel der Sehnsucht,
Wahn nur glaubt, daß dieses Streben
ohne Auftrag zu vollziehn sei!
Nur wenn du wie Noa ausharrst
im Sturm der Not,
wird sich der Unstern wenden,
und dein tausendjähriger Wunsch
wird Erfüllung finden!

Wenn der Windhauch deiner Locken
an Hafis' Grab vorüberzieht,
werden tausend Tulpen
seinem Staub entsprießen!

## *Die Liebe zu den Schwarzäugigen*

Die Liebe zu den Schwarzäugigen
kann meinem Herzen
nicht genommen werden:
dies ist des Himmels Wille,
den nichts entkräften kann.
Der Wächter erteilte Kummer viel
und ließ der Versöhnung keinen Platz;
die Seufzer des Frühgebets werden doch auch
zuletzt vom Himmel erhört.
Mein Verdienst ist's wohl,
daß ich ihn im stillen lieben soll;
von Nähe, Kuß und Umarmung
muß ich schweigen,
denn sie werden sich nimmer erfüllen.
Mir war seit Anbeginn
der Weg des Sufi bestimmt,
dem Los, das dort seinen Ausgang nimmt,
wird nichts hinzugefügt.
Höre, Schenke: purpurner Wein,
ein Obdach und ein zärtlicher Freund:
wann wäre uns das Glück gesonnen,
wenn nicht jetzt?
Ihr Tränen, wascht nicht
die Spur des Leids von Hafis' Tafel,
denn es ist die Wunde,
die sich nicht füllt mit Blut,
weil sie der Geliebte schlug.

## *Was könnt' uns mehr erfreuen*

Was könnt' uns mehr erfreuen
als der Gedanke an Pokal und Wein,
damit wir erkennen,
was zu guter Letzt uns bleibt.
Wie lange sollen wir
den Gram des Herzens dulden,
laß alles fahren, nimm die Armut hin,
die dir dann bleibt.
Sag' dem unsteten Vogel,
er soll sich bescheiden
und seines Weges ziehen:
jener, der die Schlinge legte,
hält nichts als Grausamkeit bereit.
Trink Wein, sei heiter, höre nicht
auf den Rat der Schönfärber,
denn die Meinung der Leute
hat nicht viel Wert.
Was du erwirbst durch deine Mühe,
stelle in den Dienst des Glücks,
du weißt, daß dem nichts bleibt,
der das Glück verfehlte.
Der Alte aus der Schenke
bekräftigte gestern nacht ein Rätsel:
auch wer die mystischen Stufen kennt,
findet die Lösung nicht.

Entführt hab' ich Hafis Herz
mit Tamburin, Saitenspiel und Versen,
dies ist angemessener Lohn für mich,
der ich keinen Leumund habe.

## *Wer wäre ich*

Wer wäre ich,
daß ich streifen könnte
durch jenes duftende Gedenken?
Du bist so reich an Güte,
der Staub deiner Tür
soll meine Krone sein.
Sag' Liebster, wer lehrte dich
den Zauber, der deine Leibeigenen
gefangenhält?
Du stehst im Wettstreit
mit dir selbst,
nicht mit anderen.
O Seele aus dem Paradies,
gib meinem Bemühen das Geleit,
denn das Ziel liegt fern
und ich bin ein Reisender, der unerfahren.
O Morgenwind, überbringe die Kunde
meiner Ergebenheit,
erinnere dran, daß mein Frühgebet
nicht vergessen sei.
Willkommen der Tag, an dem ich aufbreche
von dieser Wegesstrecke
und die Freunde in deiner Gasse
von dir meinen Verbleib erfragen.
Ach, Hafis, es ist gerecht,
wenn auf der Suche
nach der Perle der Vereinigung

meine Augen Tränen fassen
wie ein Meer,
in dem ich selbst versinke!

## *Immerfort bin ich trunken vom Hauch*

Immerfort bin ich trunken vom Hauch,
der deinen Locken entströmt,
allezeit überwältigt mich dein Zauberblick.
Wie lange noch soll ich das Gedulden üben,
o Herr, bis ich im Mehrab-Bogen deiner Brauen
entzünden kann die Kerze meines Augenlichts?
Die Schrift auf der Tafel der Pupillen
ist mir darum teuer, weil es von dem Mal
auf deiner Wange eine Abschrift ist.
Wenn du willst, daß sich die Welt im Nu
für immer zur Ordnung füge,
dann sage dem Westwind, daß er den Schleier
von deinem Angesicht nur flüchtig teile.
Und wenn du die Welt befreien willst
vom Lauf, dem sie sich beugen muß,
dann schüttle deine Locken,
daß jedes deiner Haare freigibt
seine tausend Untergebenen.
Ich und der Westwind, bettelnd,
zwei ziellos Umhergetriebene,
vom Zauber deiner Augen ich,
er vom Duft deiner Locken!
Gepriesen sei Hafis' Streben,
daß von dieser und jener Welt
nichts ihm gilt
als der Staub auf deiner Schwelle.

## *Gestern nacht kamst du*

Gestern nacht kamst du,
das Antlitz in lichter Glut:
welches gramerfüllte Herz
hattest du wieder in Brand gesetzt?
Die Gewohnheit des Siegers
und des Aufruhrstifters
ist dir als Zeichen
aufs Kleid gestickt.
Das Leben der Liebenden
gilt dir gleich Weihrauchkörner:
das Feuer deines Angesichts
hast du zu diesem Zweck entfacht.
Zwar sagtest du: du willst
meinen Kummer prüfen,
doch weiß ich, daß du insgeheim
schon Gnade übst.
Dies Herz ist randvoll angefüllt
mit Tränen,
doch sie fließen weiter,
ach, die Augen spenden reichlich,
was sie angesammelt.
»Gib nicht den Geliebten preis
für den Reichtum dieser Welt,
denn keinen Gewinn fand jener,
der Joseph für schnödes Gold verkaufte.«
So sprach er und sprach wohl:
»Geh, Hafis, verbrenne dein Derwischhemd.«

O Herr, wer hatte ihn
diese Falschmünzerei gelehrt?

## *Es ist Morgen und Tau fällt*

Es ist Morgen und Tau fällt
von der Februarwolke,
Zeit ist's für einen Frühtrunk
und einen mächtigen Becher.
Ich schwand im Meer von Wir und Ich,
bring Wein herbei,
damit er mich von Wir und Ich befreie!
Trink das Blut des Bechers,
denn sein Blut ist erlaubt,
trachte nach dem Liebsten,
denn dies Trachten ist erfüllbar.
Saghi, sei auf der Hut,
denn Kummer liegt auf der Lauer,
Motreb, halte die Weise fest,
in der du spielst.
Schenk ein den Wein,
denn der Saitenklang sprach zu meinem Ohr:
Sei fröhlich, vernimm den Rat
eines gebeugten Mannes!
Saghi, bei der Bedürfnislosigkeit des Allmächtigen,
bring Wein herbei,
damit dir in der Stimme des Sängers
sein Reichtum offenbar werde.
Hafis, im Bach des Herzens
wächst das junge Bäumchen seiner Gestalt
und wird mit Blut genährt:
Wie willst du ihn entwurzeln?

## *Mit gelöstem Haar*

Mit gelöstem Haar und wehendem Gewand,
trunken und den Weinkrug in der Hand,
trat sie an mein Lager gestern nacht,
legte an mein Ohr das Haupt und sprach,
sprach voll Trauer: »Schläfst du,
alter Freund? Ein Liebender,
welchem man den Wein der Frühe böte,
schwüre wohl der Liebe ab,
huldigte er nicht dem Wein.
Geh, du Tugendbold, und rüg nicht jene,
die den Trester trinken, –
eine andere Gabe wurde uns
nicht am Schöpfungstag gereicht!
Gleich, ob himmlischer, ob Wein der Erde:
Was *er* in den Kelch uns eingeschenkt, –
immer leerten wir ihn bis zur Neige!
Lachender Becher des Weines,
der Geliebten hold verschlungenes Haar:
So viel Reue wurde schon empfunden,
die wie Hafis' Reue nichtig war!«

## *Ich sagte: ratlos bin ich deinethalben*

Ich sagte: ratlos bin ich deinethalben;
Du sagtest: zu guter Letzt wär' auch Rat.
Ich sagte: erhelle mein Auge mit deinem Glanz;
Du sagtest: wenn aufgeht der junge Mond.
Ich sagte: lerne Beständigkeit von jenen,
die der Freundschaft zugetan;
Du sagtest: dies sei kaum eine Tugend der Wandelbaren.
Ich sagte: abtun will ich alle Gedanken,
die mich an dich binden;
Du sagtest: wie ein nächtlicher Dieb
wird sich dein Bild in meine Gedanken schleichen.
Ich sagte: der wilde Duft deiner Locken
hat mich zu einem Irrenden gemacht in dieser Welt;
Du sagtest: noch weißt du nicht, daß er es ist,
der dich aus der Irrsal führt.
Ich sagte: wie zärtlich ist die Luft,
die aus dem Garten der Liebe weht;
Du sagtest: es ist ein kühler Wind,
der vom Versteck des Liebsten sich erhebt.
Ich sagte: sieh, wie die Zeit der Freude endet;
Du sagtest: still, Hafis, denn auch diese Geschichte
will ein Ende.

# *Nachwort*

Im Juli des Jahres 1814 liest Goethe, mit fünfundsechzig, das erste Mal Gedichte von Hafis. Und er bekennt: »Um nur von Hafis zu reden, wächst Bewunderung und Neigung gegen ihn, je mehr man ihn kennenlernt.«

In den *Noten und Abhandlungen zum Divan* notiert er über die orientalische Dichtkunst: »Jene Dichter haben alle Gegenstände gegenwärtig und beziehen die entferntesten Dinge leicht aufeinander.« Bei Hafis bewundert er, daß dieser Dichter alle Eigenschaften vereint, ohne daß irgendeine, ein besonderes Recht behauptend, hervorträte. Eine nicht versiegende Lebendigkeit hatte Goethe in Hafis erkannt, die Vielschichtigkeit eines Werkes, an der die Erklärungsmethoden der Hafis-Forschung scheiterten, war ihm offenbar. Auch diese begriff allmählich, daß es unzureichend war, Hafis' Gedichte nur dem Wortlaut oder einem allegorischen Sinn nach verstehen zu wollen: Der realistische sowie der mystische Bezug sind Aspekte eines Ganzen, in dem das Profane und das Heilige, irdische und himmlische Liebe, Sinnlichkeit und Geist ineinander übergehen. Die Doppeldeutigkeit, die zu dieser Frage Anlaß gab, ist ein von Hafis bewußt angewandtes Stilmittel: eine bewegliche Skepsis, die fortgesetzt alles bedenkt und relativiert. Gewiß bedient sich Hafis der überlieferten Form (eines konventionellen Inventars von Topoi), doch innerhalb dieser Grenzen drückt er sowohl die Kritik der Zeit und der Gesellschaft wie seine eigene Erlebniswelt aus. Die Substanz eines Hafis-Verses ist unverkennbar: seine geistige Transparenz, seine Begeisterung für alles Lebende und die völlige Freiheit von jeglichem Dogmatismus.

Chaje Shams-ed-din Mohammad, mit dem Beinamen Hafis (»der im Gedächtnis Bewahrende«, »der den Koran auswendig weiß«), wurde im Jahre 720/1325 in Schiras geboren; er lebte dort (bis auf eine kurze Zeitspanne) und starb 792/1390. Hafis wuchs in ärmlichen Verhältnissen auf, und es war nicht etwa das »kultivierte Milieu« der Stadt Schiras, das ihn formte, sondern einzig und allein sein Selbsterziehungswille, mit dem er sich das Wissen seiner Zeit aneignete, es verwandelte und zu dem gelangte, was Goethe »Übersicht des Weltwesens« genannt hatte. Er wurde Lehrer einer Koran-Schule und hatte als Dichter einen zwischen Achtbarkeit und Anrüchigkeit geteilten Ruf.

Wie so mancher persische Dichter in Zeiten der Despotie lebend, nimmt Hafis in seinen Gedichten die Willkür der Mächtigen aufs Korn. Er greift die Scheiche, Ordenssufis, Frömmler, Zeloten, Prediger, Professoren, Madrasen, die Geistlichkeit und die mit ihnen verbündete Polizei *(muhtasib)* an, denn er sah und erlebte in ihrem Tun und Treiben nur Lüge, Heuchelei, Formalismus, Ränke und Dummheit. Hafis trinkt Wein, befreit sich von den Buchstaben des strengen Kanons, doch er bekennt sich zu seinem Tun und Lassen. Er verteidigt die persönliche Freiheit, die Befreiung von der sklavenhaften Fron für die irdischen und himmlischen Herrscher. Seine Weltanschauung ließe sich in dem Wort *rendi* (der weisen Schelmerei) zusammenfassen. Unter dieser Voraussetzung gelten die *sarijat* (die islamischen Gesetze) nur bedingt. Man darf sich von ihrer Beobachtung freimachen und im Zeichen einer symbolischen Überlegenheit gegenüber der Welt und dem Gesetz Wein trinken, ja sogar damit prahlen, gleichsam als ob sich, entgegen den sufischen Orden, eine Art Orden der Trunkenbolde herangebildet hätte mit einem *pire-moghan,* dem »Vorsteher der Magier« an der Spitze. In diesem Sinn geht bei Hafis der Pir aus der Moschee geradenwegs in die Weinschenke, der Sufi verpfändet seine härene Kutte in der Schenke, es wird von einem Zeremonial eines Säuferordens gesprochen.

Es ist in Persien zu einem Brauch geworden, daß man den Divan des Hafis aufschlägt und ihn wie ein Orakel befragt, wann immer man einer Losbestimmung bedarf. Man nennt das *fal-gereftan:* sich weissagen lassen. Kein Buch der persischen Poesie hat eine dem Divan des Hafis vergleichbare Bedeutung, es ist in der Tat ein Buch der Weissagungen, ein Speicher, der die Manifestationen der Leidenschaft aufbewahrt.

Hafis' Gedichte wurden erst nach seinem Tode von seinen Schülern gesammelt. Die chronologische Folge seiner Ghasele ist noch nicht vollständig eruiert worden. Ein Behelf bot sich an, indem man Zyklen aussonderte, die einer bestimmten Thematik verpflichtet sind. Drei größere Gruppen können in dem Werk abgegrenzt werden: die Liebesgedichte, die politischen Gedichte und schließlich die Ghasele der Reifezeit. Meiner Auswahl liegt kein bestimmtes Ordnungsprinzip zugrunde außer dem, mich von Gedicht zu Gedicht leiten zu lassen wie von einer in der Wüste entdeckten Oase zur anderen.

Vor fünfzehn Jahren unternahm ich den ersten Versuch, Hafis zu übersetzen. Aus einem Werk von etwa fünfhundert Gedichten übersetzte ich fünfzig Ghasele, wobei ich auf das Reimschema der Ghasele, zugunsten einer wesensgemäßen Prägnanz (einer »Genauigkeit jenseits der Genauigkeit«), verzichtete. (In den Fällen, wo sich dieses Schema ohne Einbuße des Sinns von selbst ergab, habe ich es beibehalten.) Seither habe ich nie aufgehört, mich mit Hafis zu befassen, auch wenn in späteren Jahren nur wenige Übersetzungen folgten. Zu diesen Übersetzungen möchte ich hier ein Wort sagen. Hafis' Divan gehört zu den Kunstwerken, deren geheimnisvolles Fortleben immer neue Übersetzer herausfordern wird. Inwieweit das Echo des Originals in diesen Übersetzungen vernehmbar ist, kann ich vielleicht durch meine Herkunft eher beurteilen. Denn meine Muttersprache ist die persische, und obschon die deutsche Sprache meine erste wurde, verbindet mich doch mit jener eine Zugehörigkeit, deren Elemente ich sinnlich begreife. Von zwei Sprachen bewegt, war ich bemüht, die Elemente der einen in der anderen zu erweitern.

Das war die Aufgabe. Ich kann nur hoffen, daß der deutsche Leser in diesen Übersetzungen die Konturen eines Werkes wahrnimmt, das nicht aufgehört hat, sich zu entfalten.

*Cyrus Atabay*

# *Anmerkungen*

## *Saghi, schenk ein den Wein*
Seite 9

... *in deinem Haus:* der Dichter vergleicht die Welt mit der Herberge der Karawanserei; in jedem Augenblick mahnt die Glocke einer abreisenden Karawane alle anderen Reisenden, daß der Rastort nur vorübergehend sei, daß sie ebenfalls diese Welt bald verlassen müssen.

Wenn der *Weise,* der Älteste der Magier, dem Schüler gebietet, den Gebetsteppich mit Wein zu färben (was ein offenbarer Verstoß gegen den Koran ist), so muß er selbst diesem Befehl gehorchen, damit er vertraut werde mit den Stufen des mystischen Weges.

Mit den *Leichtbebürdeten am Strand* sind die formalistischen Moslims, aber auch alle jene Seichten gemeint, die nichts riskieren.

## *Zwei kluge Freunde*
Seite 10

... *in diesem Wüstenwind:* gemeint ist der Überfall Timurs, ganz allgemein die politischen Zeitläufte.

## *Ich sag' es offen*
Seite 11

Das *verfallene Kloster* meint jenen geheimen Ort, wo in einem Gemäuer den Freisinnigen der Wein ausgeschenkt wurde.

Das *Alef* ist der Anfangsbuchstabe des persischen Alphabets, die äußere Form eine Linie, mit der die schlanke Gestalt verglichen wird.

*Engel sah ich gestern nacht im Traum*
Seite 20

Der islamische Schöpfungsmythos berichtet, daß Gott den Erdensohn aus Ton geformt habe; vierzig Tage dauerte die Formgebung, erst dann hauchte er ihm eine Seele ein.

*Ich sah die grüne Saat des Himmels*
Seite 21

Der *Sternendieb,* eine Metapher für die ewige Wiederkehr des Lichts, den unaufhörlichen Wandel des Alls, der alle Reiche und Könige überdauert.

Das schwarze *Mal* auf der Wange der Geliebten, das hier mit dem Bauern im Schachspiel verglichen wird, vermag durch seine Zauberkraft die mächtigsten Rivalen zu besiegen.

*Lange Jahre sucht' mein Herz*
Seite 22

Von Jamschid, dem sagenhaften König des alten Persien, wird gesagt, daß er eine Schale besessen habe, in der sich die ganze Welt spiegelte. Die Zauberschale entspricht dem Stein der Weisen in der Alchimie. Doch die Wahrheit ist kein Fund, den man vergeben kann, es gibt nur Annäherungen an sie. Nur den Erwählten (wie Jesus) wird ihre Kenntnis durch die Gnade Gottes verliehen.

Mit den *verirrten Tauchern* spielt der Dichter (wie so oft) auf die formalistischen Moslims an, die das Wagnis, auf den Ozean der Unvernunft hinauszufahren, um die Perle der göttlichen Erkenntnis zu suchen, nicht auf sich nehmen.

Der *Weise in der Schenke* ist der zarathustrische Oberpriester, zugleich der Weinverkäufer und Wirt.

*Das Vergehen jenes Freundes:* gemeint ist Mansur, ein islamischer Märtyrer, der als Gotteslästerer gekreuzigt wurde, weil er ausgerufen haben soll: »Ich bin die Wahrheit!« Sein Vergehen, erklärt der Dichter, bestand darin, daß er das unaussprechliche Geheimnis der

Liebe Gottes (das den Eingeweihten vorbehalten ist) unbedacht preisgab.

Das *Gaukelspiel des Magiers:* gemeint ist Es-Samiri, der Samariter, der das Volk Israel mit dem Goldenen Kalb irreführen wollte.

*Wann erreicht mich die Nachricht*
Seite 24

Das Ghasel steht auf Hafis' Grab.

... *tanzend mich erhebe:* spielt auf die selbstvergessenen Sufi an, die im Tanz ihre Ärmel schütteln und mit den Füßen den Boden stampfen.

*Die Pfaffen, die vor Kanzel und Altar*
Seite 25

Die Kritik an den Dunkelmännern und Pfaffen ist ein bei Hafis häufig wiederkehrendes Thema; der Dichter ermahnt sie an anderer Stelle:

Morgen, am Tag des Jüngsten Gerichts
wird jener Pilger beschämt sein,
der zum Scheine tat,
was er tat.

*O wilde Gazelle*
Seite 26

Neben dem Saghi-Namen das einzige masnawi (Gedicht in Paarreimen, die sonst vor allem in der Epik verwendet werden), das wir von Hafis besitzen; es handelt sich um einen noch immer mangelhaft edierten und schwierigen Text, von dem hier der erste Teil übersetzt wurde.

*Wie vereinbart sich*
Seite 28

Das persische Wort *charab*, das hier mit *Trunkenheit* übersetzt wurde, ist vieldeutig, meint auch Untauglichkeit, Versagen. *Staub auf deiner Schwelle:* Der Staub, der sich auf dem Grabmal eines Heiligen ansammelt, gilt als heilig. Wallfahrende Pilger, die wunde Augen haben, strecken ihre Finger durch das Geländer des Schreins, um den Staub zu berühren und ihn auf die Lider zu reiben, denn er soll auch heilbringende Wirkung haben.

*Im Uranfang sprach deiner Schönheit Strahl*
Seite 31

Das Grübchen im Kinn der oder des Geliebten wird mit einem Brunnenschacht verglichen, auf dessen Grund man aus der Vielheit zur Einheit gelangt und die unio mystica sich vollzieht.

*Wenn du das Wort vernimmst*
Seite 35

Der Musikant und der Mundschenk, der *Motreb* und der *Saghi,* sind recht eigentlich die Helfershelfer des Richters.

*Trunkenheit und verborgene Lust*
Seite 49

*Mosallah* und *Roknabad* sind Ortschaften in der Nähe von Hafis' Geburtsstadt Schiras.

*Eine Nachtigall gewann*
Seite 51

Eines der ganz wenigen Gedichte mit einem subjektiven Charakter; es handelt sich um Strophen, die auf den Tod seines Sohnes oder eines dem Dichter nahestehenden Kindes geschrieben wurden.

*Erblüht ist die Rose*
Seite 54

*Wie soll, Hafis, deine Zung' aus Rohr:* eine Anspielung auf das Schreibrohr und das Rohr der Flöte.

*Ich bange, daß die Tränen*
Seite 58

*Dem Widerstande von den Zinnen des Schlosses der Vereinigung:* hier wird die Geliebte mit einer Festung verglichen. Der Weg zur Vereinigung ist an Widerständen reich.

# *Inhalt*

## Liebesgedichte im insel taschenbuch

**Die schönsten Liebesgedichte.** Ausgewählt von Günter Berg. it 2827. 118 Seiten

**Die schönsten Liebesgedichte der Antike.** Ausgewählt von Michael Schroeder. it 3163. 114 Seiten

**Anna Achmatowa. Liebesgedichte.** Aus dem Russischen von Alexander Nitzberg. Ausgewählt von Olaf Irlenkäuser. it 2946. 113 Seiten

**Elizabeth Barrett-Browning.** Liebesgedichte. Englisch und deutsch. Übertragen von Rainer Maria Rilke. Mit einem Nachwort von Felicitas von Lovenberg. it 3187. 112 Seiten

**Bertolt Brecht.** Liebesgedichte. Ausgewählt von Werner Hecht. it 2824. 118 Seiten

**Paul Celan.** Liebesgedichte. Ausgewählt von Joachim Seng. it 2945. 104 Seiten

**Annette von Droste-Hülshoff.** Liebesgedichte. Ausgewählt von Werner Fritsch. it 2876. 126 Seiten

**Joseph von Eichendorff.** Liebesgedichte. Ausgewählt von Wilfrid Lutz. it 2821. 114 Seiten

**Johann Wolfgang Goethe.** Liebesgedichte. Ausgewählt von Karl Eibl. it 2825. 109 Seiten

**Heinrich Heine.** Liebesgedichte. Ausgewählt von Thomas Brasch. it 2822. 96 Seiten

NF 704/1/10.06

**Hermann Hesse.** Liebesgedichte. Ausgewählt von Volker Michels. it 2826. 116 Seiten

**Indische Liebesgedichte.** Aus dem Indischen von Friedrich Rückert. Mit einer Einleitung von Martin Kämpchen. it 3173. 143 Seiten

**Else Lasker-Schüler.** Liebesgedichte. Ausgewählt und mit einem Nachwort von Eva Demski. it 3083. 137 Seiten

**Marie Luise Kaschnitz.** Liebesgedichte. Ausgewählt von Elisabeth Borchers. it 3123. 123 Seiten

**Friederike Mayröcker.** Liebesgedichte. Ausgewählt und mit einem Nachwort von Ulla Berkéwicz. it 3214. 141 Seiten

**Michelangelo.** Liebesgedichte. Übersetzt von Michael Engelhard. it 3244. 120 Seiten

**Eduard Mörike.** Liebesgedichte. Ausgewählt von Wilfrid Lutz. it 3040. 149 Seiten

**Novalis.** Liebesgedichte. Ausgewählt von Gerhard Schulz. it 2874. 103 Seiten

**Francesco Petrarca.** Liebesgedichte an Laura. Achtzig Gedichte aus dem »Canzoniere«. Aus dem Italienischen, erläutert und mit einem Nachwort versehen von Jürgen von Stackelberg. it 3022. 118 Seiten

**Alexander Puschkin.** Liebesgedichte. Aus dem Russischen von Michael Engelhard. Ausgewählt von Rolf-Dietrich Keil. it 2968. 126 Seiten

NF 704/2/10.06

**Rainer Maria Rilke.** Liebesgedichte. Ausgewählt von Vera Hauschild. Mit einem Nachwort von Siegfried Unseld. it 2823. 100 Seiten

**Joachim Ringelnatz.** Liebesgedichte. Ausgewählt von Günter Stolzenberger. it 3082. 132 Seiten

**William Shakespeare.** Liebesgedichte. Liebesszenen und Liebeslieder. Auswahl und Nachwort von Jutta Kaußen. it 2987. 119 Seiten

**Wisława Szymborska.** Liebesgedichte. Aus dem Polnischen und ausgewählt von Karl Dedecius. it 3111. 138 Seiten

**Rabindranath Tagore.** Liebesgedichte. Ausgewählt und aus dem Bengalischen von Martin Kämpchen. it 2988. 106 Seiten

NF 704/3/10.06

## »Geschichten von der Liebe« im insel taschenbuch Eine Auswahl

**Charlotte Brontë.** Über die Liebe. Ausgewählt von Elsemarie Maletzke. it 1249. 80 Seiten

**Für immer und ewig.** Das Buch für Paare. Ausgewählt von Günter Stolzenberger. it 2819. 288 Seiten

**Geschichten von der Liebe.** Ausgewählt von Heike Ochs. it 2891. 224 Seiten

**Ist es Liebe?** Die schönsten Geschichten über die Liebe. Ausgewählt von Hans Sarkowicz. it 3265. 185 Seiten

**Johann Wolfgang Goethe**
- Liebesgeschichten. Ausgewählt von Hans-Joachim Simm. it 2892. 144 Seiten
- Über die Liebe. it 3225. 174 Seiten

**Hermann Hesse**
- Liebesgeschichten. Ausgewählt von Volker Michels. it 2896.192 Seiten
- Nur wer liebt, ist lebendig. Frühe Liebesgeschichten. it 3227. 124 Seiten
- Wer lieben kann, ist glücklich. Über die Liebe. Ausgewählt von Volker Michels. it 2855. 224 Seiten

**Marie Luise Kaschnitz.** Liebesgeschichten. Ausgewählt von Elisabeth Borchers. it 2536. 155 Seiten. it 2895. 144 Seiten

**Heinrich von Kleist.** Liebesgeschichten. Ausgewählt von Klaus Müller-Salget. it 2893. 176 Seiten

NF 97/1/6.07

**D. H. Lawrence.** Liebesgeschichten. Übersetzt von Heide Steiner. it 1678. 308 Seiten

**Novalis.** Über die Liebe. Ausgewählt von Gerhard Schulz. it 2703. 216 Seiten

**Rainer Maria Rilke.**
- Liebesgeschichten. Ausgewählt von Vera Hauschild. it 2894. 112 Seiten
- Über die Liebe. Ausgewählt von Vera Hauschild. Gebundene Ausgabe. it 3061. 111 Seiten

**Die schönsten Liebesgeschichten.** Ausgewählt von Elisabeth Borchers. it 2213. 375 Seiten

**Stendhal.** Über die Liebe. it 3262. 425 Seiten

**Robert Walser.** Liebesgeschichten. Ausgewählt von Volker Michels. it 2897. 156 Seiten

NF 97/2/6.07